岩島飛翔記事

楊忠彬　著

許你一筆優雅情話
從容來時信箋的
幽香小路

金門縣文化局

序　展翅高飛的「栗喉蜂虎」

栗喉蜂虎是金門夏季特有的候鳥，乃是一種身著斑斕彩衣的蜂虎科鳥類，其身上的色彩計有黃、黑、栗紅、藍、褐、綠等，多彩多姿，十分耀眼。牠們飛翔時非常矯健靈活，在空中捕蜂獵蝶更是拿手絕活，在臨水土崖上挖坑洞、築隧道則是看家本領。牠們棲息在坑道的窩巢之中，其生活習性與戰地金門頗有異曲同工之妙。

金門是忠彬的家鄉，他生於斯土，長於斯土，一直到十八歲上大學，才負笈台灣，進入國立台北師範學院特教系就讀；雖然他志趣於文學創作是開始於大學時期，但創作能量的蓄積與靈感的啟迪，可說是都來自於金門，乃至於他連著數屆所獲得的「浯島文學獎」也是屬於家鄉的；金門是孕育他文學細胞的母胎，也是提供他創作所需豐足養分的母鳥，如今這隻理想高遠、志氣昂揚、年輕世代的「栗喉蜂虎」已開始振翅翱翔，《岩島飛翔記事》是他第一次展翅的紀錄。

吟詠《岩島飛翔記事》，可以感受到濃濃的金門鄉情，而作者對家鄉情懷的書寫手法是相當多元的，有時是以第一人稱直抒思鄉情懷，諸如：

那相思為誰而開
一抹鵝黃
點綴早春的綠

異鄉城市街道
路燈陪我點亮綿延的
影子　聒絮整夜
聽說故鄉第一陣花雨
將在今晨悄悄落定（〈相思樹〉）

但較多是以「我／你」之間的對話方式，融合著金門特有的景觀與意象，如〈點燈〉藉著漁船燈火的投射，引來飛魚躍起，自勉著在家鄉薪火的引領下，期許自己與同鄉子弟們亦能飛躍而起。諸如：

今夜你將點起燈火
在黑夜浪濤中
指引繁星歸家的想望

如果星月無光　飛魚怎能躍起
你舉起一盞期盼　讓它燦爛成
初春第一把晨曦

當雛鳥逐漸成長，振翮遨翔之際，年輕的熱情裡同時許下對於家鄉的承諾，〈我自心底放出一葉期盼〉是作者大四即將畢業那年所作，詩作中流露出想要返鄉投入教育的熱忱：

若是黑夜忽臨　莫怕群魔飛舞
我會奮舞一枚燭火
用熾熱來點燃一星永恆

我在每個晨昏放出一葉期盼
載上我的今日　繫上你的明天
等待你去張起千帆

在「我」奮舞的燭火中，接續下「你」點燃的燈火與期盼，點燈者角色的轉移，正是薪火相傳的真義。

有些作品也會因讀者角度的不同，而具有多重詮釋的可能性，如〈浯島的夏日等候〉，詩中宛如是對戀人的吟哦絮語，又彷似對故鄉的呢喃低語。

除了鄉情外，愛情的詩作也為數不少，其中寓含有年少對愛情的想望、暗戀心情的忐忑、對真心情愛的執著，而結穴之處則是將愛情與鄉情作了一個辯證性地融合，〈關於我們的愛情〉可謂是代表性之作。

善於營造意象也是這本詩集的一個特色，相思樹、高粱酒、古厝、燕尾等，它們彷如是金門的印記，也是作者傳達鄉情的媒介，其中尤饒趣味的是「門」的呼應，如金門與南門，因著「門」的鏈結，激泛起濃濃的鄉情；而金門與廈門，藉著「門」的開啟，象徵著兩岸關係的遞變，這應是金門特殊的地理位置，在近代史上扮演過的關鍵角色，使得它的子民對於時代與個人有一種特別緊密聯結的實感，忠彬的詩，每每在不經意處，交疊著自我、家鄉與時代的光影。

《岩島飛翔記事》是忠彬展翅飛行的處女作，這意謂著：這「栗喉蜂虎」羽翼已豐，續航力亦足，即將振翅高飛，一如大鵬之摶扶搖、絕雲氣、負青天，非至南冥的天池不會終止。

顏國明
台北教育大學語創系系主任
二〇一〇年六月十七日謹誌

序　乘著滑翔翼俯看家園景致

詩人總是有那種慧根，那種與生俱來的本領，能夠觀察入微，見人所未見，然後用善解人意的語言表達出來，讓人感動感激，引發共鳴共振，於我心有戚戚焉。語言在他們手中，彷彿「金剛手化為繞指柔」，激發出意想不到的創意運用，所以說，好的文學作品往往是把語言運用到最極致的地步，人人朗朗上口，自然流傳千古。

忠彬最新的詩集《岩島飛翔記事》記載他近年來的敏銳觀感，讀著他一首一首的新作，彷彿乘著滑翔翼隨風飄浮，拂掠過一幕一幕的景致，幽雅閒逸的倘佯，來來回回穿梭於金門島和台灣島之間的家園。每一首詩彷彿都是一幅幅「定格」、「聚焦」的圖片，讓你從過眼雲煙中，撈到稍縱即逝的意象，從平凡中發現不平凡，點醒你匆忙之間錯失的精華，使你免於遺珠之憾，於是你看到周遭毫不起眼的景象，剎那之間產生了新的意義，於是狹隘侷促的空間，突然放大成廣闊的視野。

作為外文系的老師，孜孜不倦的教了三十多年，把西洋文學的片片段段教給學生，終於教出忠彬這樣能夠學以致用的學生，實在不虛此行，也驗證「得天下英才而教之」的樂趣。讀他的詩，我感覺到心平氣和、心神寧靜，學了大半輩子西洋文學，回過頭來更能肯定中國文學的浩瀚精深。

感謝忠彬給我這份榮幸為他新作詩集寫序，僅以William Blake（一七五七至一八二七）那一首千古傳唱的名詩“To See a World in a Grain of Sand”（一八三〇）獻給忠彬，願他長長久久繼續發揮創作才華，讓我們看到更多的沙粒和野花。

一粒沙裡看世界 To see a world in a grain of sand
一朵野花見天堂 And a heaven in a wild flower,
手掌心裡握世界 Hold infinity in the palm of your hand
剎那之間成永恆 And eternity in an hour.

王安琪
台大外文系退休教授、現任亞洲大學外文系教授
二〇一〇年五月十日

序　翅膀的命運是迎風

《岩島飛翔記事》是忠彬心靈的翅膀，在尋找一片天空靠岸之際，展現其青春昂揚與內斂的姿態。翻閱詩集中鮮明的版圖，浯島的風吹過新店溪口，金廈水道穿越歷史的迷霧；全書湧動著古典頭腦與浪漫心腸，交織著故鄉的眼與異鄉的心，形塑超齡的時間滄桑與空間漂泊的縱深與景深；於是，緣於哀樂，感事而發，遂留下「天外奇蹟」似身影，飛向更高更遠的天際，飛向生命境界的追求。

卷一〈帶你回花崗岩島〉，在古典的詩題中放現代的風箏。〈春思〉、〈微笑〉、〈牽牛花〉、〈暗戀〉的篇名，正標幟著文藝青年的過往。諸如：

夢裡青鳥
總要站上光的枝枒
朝夜的深處裡唱啊（〈暗戀〉）

當是他「青春與理想齊飛」的寫照。卷二〈飛翔之歌〉，取材立意，漸趨靈活現代。〈向前，輪椅天使〉、〈這一日我遇見春夏秋冬〉、〈冬夜聽春〉、〈給你的三個如果〉、〈愛上公主頭〉等，則有更深的感知與感染。諸如：

堅持眺望遠方的理由很結構
像兩行爬走防風林的墨蟻
擠滿灰白鬆軟的泥徑
爭論髮尾應否分岔的課題
（其實海和天也曾討論過靈魂湛藍的理由）（〈愛上公主頭〉）

這樣詩句，不只有溫暖的心，更有冷靜的腦；不只有會寫的筆，更有會看的眼睛；掌握圖像思考的變形與別趣，折射「文字蒙太奇」的藝術之光。卷三〈告別青春紀事〉，彷彿宣示詩風的蛻變與開拓。〈上課〉、〈錯過〉、〈寂寞〉、〈眷戀〉等，更見生活的苦澀滋味，更見現代感性與知性的拔河。諸如：

來電未接通時間
只好發封嘆息
給守夜的手機取暖（〈錯過〉）

似此書寫，是新語言，新感性；用語極淺，用情極真；在充滿感染力的意象中，映現沽心煮字的平凡見奇崛，由簡單用字裡，照見豐美情意。

誠然沒有人是一座孤島，沒有一本詩集不是文本互涉。文學創作的進境，無不始於「三仿」（仿古、仿真、仿昨日之我），終於「三超」（超越前輩、超越同輩、超越自我）；始於好玩的「喜悅」，終於玩深刻的「智慧」。對於未來詩藝版圖的挑戰，希望忠彬坐故鄉、異鄉的兩岸，看生命時光的熱鬧與孤獨；腳踏中西文學的撞擊與對話，擴大深化書寫的感染力與穿透力；得以志於學術，游於創作。須知人生弔詭，所謂「嘴唇在不能接吻時才唱歌」，「掀開屋頂，你才能看見更廣闊的天空」。《岩島飛翔記事》是忠彬「成長」中釀的酒，「青春」詩藝裡綻放的花朵；盼他善飲「成長」釀的酒，化為語文的芬芳，吐故納新，以故為新，栽種奇花異草，培植創意新景，讓自己的文學花園更雲蒸蔚然，斐然可觀。

忠彬〈上課〉一詩中謂：

上課是什麼
貓告訴蟬夏天快來了

上課是什麼
迷路的池塘找不著海洋的眼睛

欣見忠彬文學路上的第一桶金，導師仿寫，獻上祝福：

飛翔是什麼
風箏告訴白雲說：「一路順風。」

飛翔是什麼
天空說：「要有好心情。」
雙手說：「線要在自己手中！」

張春榮
台北教育大學語創所教授
謹誌於春華秋實齋
二〇一〇年五月廿一日

序　回顧式的前行

楊忠彬《岩島飛翔記事》共分三卷「帶你回花崗岩島」、「飛翔之歌」、「告別青春紀事」看似三段有致的時序，卻又彼此複音，譜寫詩人生命中的重要課題。不難發覺，「相思」在詩行中或隱或顯，對親人、對情人、友人至於自我；對故鄉、對青春、對歷史，其實所謂的相思與中國古代詩歌的「傷逝」主題有異曲同工，對於那些過往的種種，除了告別之外，更見詩人的溫柔細膩。嫻熟西方文學的他在詩情凝塑上的表現不令人意外，在內涵上，更可看出中國古典思想與文學的深刻自覺，如〈蝶夢〉：「成夢非夢時／我是我非是蝶」是對於莊周夢蝶的再詮釋，而在夢與人生之間徘徊呢喃，正是詩人的本質。

在現代詩意象越來越令人難以聯結的現況，忠彬習於以生活入詩，讓人讀來便可自我反思，在運用許多張力駭人的意象之前，詩人是否該用用他的眼睛，去看、去寫、去靈魂，於平凡無奇的生活之中，於尋常普見的事物之間，是否有精靈正在流動？〈妳的臉龐

——給母親〉裡最為動人的莫過於「我願以守候將妳的餘生環繞／縱然風化成一堵臨冬的城垛」。一座堅實的城垛，繞指千柔。

我們不會期待人生景況永遠完美不變（事實上，這才是最大的崩壞），我們去面對風化，去面對凜冬，詩人經歷了諸多景況，因而成就了不同的詩篇。《岩島飛翔記事》裡，我們可以感受到詩人所遭遇的不同困惑，對人際的、情愛的……對生命的。在某些詩篇裡，詩人是一個善感的多情客，每一種相遇都可以成為美麗的篇章；但在另外一些行節中，他又是一個有口難言的小丑，對於喧囂的塵世習於粉飾的現況徬徨無所，再也不像是學生時代在稿紙上寫下「我在每個晨昏放出一葉期盼／載上我的今日　繫上你的明天／等待你去張起千帆」（〈我自心底放出一葉期盼〉）的青年了，對於人生有了更多的體悟與探索，這在一首短詩裡面可以看得很明白：「窗裡有誰　窗外是誰／誰又從框裡呼喊窗外究竟停留過誰」（〈窗與框〉）在觀看者／被觀看者的辯證裡做了演繹，我們又在哪個地方？我們所相信的事物又有多大成份的實在？

有趣的是，一方面做著如此艱澀的揣想，一方面詩人仍把目光投向他所關懷的人事，即使身處於如此的矛盾，相信美善的信念仍是堅定無疑。讀忠彬的詩，便可意會到這種

「回顧式的前行」。在每一次的憶想中他肯定現在，在每一次的回望中他著眼未來，正如同他在〈金廈之間〉的回望中寫「我們仍可溫柔地騰出／一個全然屬於自己的座位」，又如〈蝶夢〉中他曾如此自答：「我不再訴黎明前的夙夜寒苦／只躍入灑滿晨曦的／蛹之今朝」這當然不會是詩人最後的答案，也不會是你我的答案，它只是一朵朵長長旅途中美麗的綻放。

黃昱升謹誌

二〇一〇年五月廿四日

自序　時光旅程

一

《岩島飛翔記事》是我的第一本詩集，收錄我這十年來的詩作。

出版詩集的念頭擱在心頭多年，隨著想望及自信與否上下搖擺，反反覆覆，始終拿捏不定，往往半途而廢。

詩集出版再三蹉跎，然年歲增長，詩風改變。心裡明白，已到告別時分；然而望著時光溪河流過足畔，款款而去，該告別的青春河岸，沉溺其中總難看清樣貌。

若非得金門縣文化局補助出版，恐怕此時還無法下定決心，而這冊《岩島飛翔記事》還不知要拖到何時才能問世。

二

整理詩稿，心情特別複雜。更從未料想過，為了寫這詩集的序，我竟要受多日苦惱，憶多年曩昔。

原以為自有千言萬語，抒發由心；真到提筆之時，頭緒卻怎麼也理不清。翻閱舊稿，青春想望歷歷在目，舊愛眷戀猶言在耳，不得不想，也不得不忘。本是早該遺忘的想望，卻因寫成了詩句，不得不再次捧讀，不得不再度想念。

一如白紙，也曾想過當簡單的人，做簡單的夢，走簡單的路。然而攤開生命的羊皮紙，年少的我終究謄寫了諸如思緒、想望，以及那些正待完成的詩篇。

三

走進歲月迴廊，總是清晰看見那些年少徘徊的足跡。

有些聲音總在記憶縈繞不去，特別是獨處的夜裡，彷彿成串的黑白夢境，等待我去涉入，或者逃出。

於是只能不停地回望、聆聽。

為了詩集付印，翻閱舊稿，捧讀的不是詩篇，而是這十年種種。青春過往，那些天真的想望，未竟的誓言，沉甸甸地擱在心頭。原以為自己忘了，其實從未曾忘記；原本早應拋棄的信箋，其實還藏在抽屜，等待旅人再次點燈夜讀，在異鄉的夜裡。

四

總要想起蔣勳在詩作〈口占〉中所寫：

可以記憶的
和可以遺忘的
都不只這些
除了真誠的愛
可以寫成詩句
其他也不想再說

當靜謐的夜再次覆蓋眼前這片孤寂大地，朦朧華燈為佇足旅人的巷道溫柔彩妝，洶湧人群兀自浩瀚成江海。我曾凝望過行人眼裡的流光，如同我曾凝視過黑夜浪濤裡閃爍的漁火。

十年種種，不過是在金門和台北之間往返，在島與島之間飛翔。我像只永不疲憊的風箏，不斷飛離島溫暖的掌心。

我總是離開島，又從未離開島，只要閉起雙眼，即能回到記憶中的花崗岩島。乘著風，穿越防風林，踏著銘刻於島上的煙硝前進，迎面而來如潮的高粱穗，琉璃陽光穿過相思林，雙落大厝堆砌屬於這座島的人文歷史。

我總是忘記過往，又從未忘記過往。那些本是早該遺忘的想望或者「想忘」，正因寫成了詩句，不得不再次捧讀，不得不再度想念。

五

謹以這冊詩集獻給金門，沒有她的孕育，我無法完成這些詩篇。

感謝金門縣文化局補助本詩集出版。

感謝父親、母親在人生旅途給我諸多協助。

謝謝那些愛過我，而我也愛過的女友。她們曾是我靈感的泉源，特別是Y。愛恨眷戀，如今皆成詩句，然而「可以記憶的，和可以遺忘的，都不只這些」。

謝謝陳長慶先生在文學路上啟迪良多，更指點出版事宜。

謝謝國立台北教育大學語創所顏國明主任、國立台灣大學外文系退休教授王安琪教授、國立台北教育大學語創所張春榮教授百忙中寫序導讀。謝謝所裡孟樊教授曾指點數首詩作，〈上課〉即為筆者在其現代文學思潮課堂中戲寫之作。

謝謝青年詩人昱升協助校對，謝謝蘭亭詩社及核心寫作會同儕多次給予寫作建議，謝謝好友進成在我考取語創所後多番勉勵協助。

謝謝姣潔編輯的慧心巧手，協助本詩集出版事宜。

謝謝許多師長、朋友給我的鼓勵，和你們相處的點點滴滴，是我寫作旅程中最珍貴的資產與回憶。

九十九年五月三十一日於新店

序　展翅高飛的「栗喉蜂虎」　顏國明／003
序　乘著滑翔翼俯看家園景致　王安琪／008
序　翅膀的命運是迎風　張春榮／010
序　回顧式的前行　黃昱升／015
自序　時光旅程　楊忠彬／018

卷一

帶你回花崗岩島

春思／030
浯島的夏日等候／032
微笑／034
思念／036
牽牛花／038

情詩／040
夜霏——給R／042
暗戀／044
耳環／048
煙花／050
桃花心木道遇雨／052
木棉／056
灰面鵟鷹之歌／058
妳的臉龐——給母親／060
相思樹／062
金廈之間／064
晚安絮語／068
旅程／072

卷二

飛翔之歌

蒲公英／076
窗外／078
豢魚／080
點燈／082
相遇／084
魚躍／086
煙囪／090
向前，輪椅天使／092
窗與框／094
這一日我遇見春夏秋冬／096
冬夜聽春／104

蝶夢／108
在你眸中的世界／112
不久妳將沉沉睡去——致生命鬥士劉俠／116
給你的三個如果／118
小丑的夢境／120
傷逝／122
我自心底放出一葉期盼／126
關於我們的愛情／130
星落／134
轉身之後／138
愛上公主頭／142

卷三

告別青春紀事

上課／146
未眠之夜／148
過橋／150
乾枯情話／152
命運之傷／154
風暴／156
錯過／158
寂寞／160
今晨／162
死亡蝶舞／164
眷戀／166

前生的記憶／168
返家／172
窗簾／174
孤獨／176
夜雨／178
夜間遠行——給Hsu／180
告別青春紀事／182

卷一

帶你回花崗岩島（十八首）

春思

已經來了
還等待著誰的歸來
回憶匆匆剪影
一串優雅從容的飛行
陪承諾燕落鄰家古厝

漫步島的這側
遙望你溫暖的那側
轉身拍拂冰霜下的塵影
滑舞在潮濕慵懶的綠晴

篩選陽光顆粒
以林葉香醇微焦相思
醉邀老友街燈
啜飲這杯猶正咬舌的故鄉酒

九十八年四月廿七日
九十九年一月十六刊於《金門日報》副刊

浯島的夏日等候

微光挑動藍色眼影
聽南風篩動
昨日綠蔭的守候
搖曳整夜相思林低語
躡起腳尖
目送妳撫弄裙襬而去

時光閃亮白色沙灘
細緻顆粒　抓握掌中流去的
青春　飽滿沉甸甸的
盛夏高懸的果實

靜謐了午後第一場雷雨
遙想遠方老媼
等待木門咿呀推開的宅第

九十七年八月廿五日

微笑

沿妳的脣蜜航行
映照我的彎彎倒影
光燦燦河水　流行
蜿蜒轉曲的船歌
彷彿向青春的潮間帶
呢喃未曾說出的低語

水草萋萋漫步
湖畔青泥　也盛行禮貌地
刷點濃黑睫毛膏
搖曳　是妳靈魂的眼睛

教窗外的月光
也要被風遺忘如霜

九十七年十二月廿五日刊於《人間福報》副刊

思念

焦枯的過去長出新綠
蔓藤垂掛光邊
搖曳過誰的心
推開窗　就可以眺望
如果黑夜也有遠方
是誰捎來嘆息
聽昨夜遊風微寒了
今晨幽幽閃亮金星
街燈定格了夢的也許
對街窗台　風又晚了
初綻的芽尖

今次我將啟程　披上
這襲灰黑影子
如果隱行是我唯一的遠方

九十七年十一月五日

牽牛花

為我綻放微笑
一朵朵瑩皙月光
淺淺紫白　曲柔
繞指旋綠
喚醒晨曦纏綿的睡意

淺藍雲朵繽紛告白
離別從此在夜幕裡笙歌
也許我該學會思念
在夕陽被風吹熄之前
用最溫柔的駐留

歌詠屬於妳的
朝顏暮雪

九十七年九月八日

情詩

許你一筆優雅情話
從容來時信箋的
幽香小路　輕輕蘆葦
滿山搖曳過誰的
思念　如此柔暖
潔白盈手

許我一眼優雅情話
溫柔你我最初的
遐想盼望
與你相約相思林畔

走向天雨心晴
將要約定的鵝黃花季

九十八年三月五日
九十八年十月收錄於《仙洲酒引——金門縣作家選集新詩卷》

夜霏——給R

不過是妳下了場雪
就讓整片春天遺忘晨昏
徐徐漫步　記憶中那般
遊走山外幽黑邊境
遙想城市入醉前的微醺
閃耀漫天塵埃的
應是華美花火
不經意在旅人眼裡
唱了首迷濛
如妳也曾像我這般　仰望
金星被街燈悄悄遮蔽

闌珊了最初的遐想浪漫
聽聽遠方最輕靈的
低語　細細碎碎　在林間
跳動將要冰脆的舞姿

九十七年十月十七日

暗戀

聽見世界靜寂的聲音
撲通撲通作響的
撞擊　如此飽滿
盪漾初夏思緒
躍動火苗在爐裡
掙扎　欲撲向寒冬柴扉
蔓延最熾熱的毀烈

夢裡青鳥
總要站上光的枝枒

朝夜的深處裡唱啊
是什麼樣的歌　正尋找
溫柔凝視　望向
你在翠綠的田野裡奔
將冰雪捧在掌心
用體溫融去
化成來春第一滴珠露

燕子銜來低語
沾滿涼涼秋意
給你最滄桑的楓落
直到木棉燃燒無聲花紅

墜入羅斯福路人行道
只為許你一次在我身旁走過

九十七年八月廿六日
九十九年三月廿二日刊於《馬祖日報》鄉土文學副刊

耳環

世界沿妳耳灣遊行
曲折隱隱約約呼喊心事
輕啟脣　便傾聽了
妳頸畔淨柔海灘

昨日靜悄呢喃的情話
串圓今日幽雅謊言
迷濛是我尋夢的眼睛

鑲懸光燦　流轉
敲舉杯後的盈盈顧盼

九十七年九月一日

煙花

思念是血紅色天空
逃出夜的黑幽
找尋璀璨自由　燃放
華美最絢麗的白
仰望了眾人目光
只為襯托我狂野繽紛
這一刻朝你綻放

九十七年八月廿七日

許玉音　繪

桃花心木道遇雨

脆落　如我這般豎起
耳朵　闔上記錄人間的眼眸
叮咚叮咚
彷彿聽見最初的哀慟
竄逃向黑聚攏
承受猛然高飛後的疾落
是宿命輪迴
碎細了歲月腳步
反覆撫弄雲紋地磚的
冷漠　傾聽
緣於邊荒外的高聲嘶吼

引領你迷繞台北城
尋找重新仰頸而望的悸動

宣傳砲裂解天空的陰謀
是群長串泡沫　錯綜視線
由海底射出仲夏最嚴正的指控
隨浪花浮擺　泛白底下欲深藍的寂寞
意圖走私遠方島嶼的承諾

時間遺失航行標的
眩暈歸返旅客的睡夢
擁抱交集思緒劇烈跳動
走過桃花心木道旁菩提樹
輕柔猜想傘的那端

是怎樣一雙等待多時的
望想靜默

九十七年八月廿三日

許玉音　繪

木棉

也曾見過華麗的朱紅
越高處攀去　陽光愈嚐可口
鐘向時間的泥壤裡鑽去
孤獨就讓它慢慢磨成尖尖的春光吧
料羅港裡的船隻正等那薄霧散去
不經意把島剝開
嗅到的故故香　裡頭一層濃過一層

三四月或者五月總記不太得清楚
穿過羅斯福路地下道裡的爛漫流光
纏繞眼珠的還是那些長春藤腳步堆疊著腳步

爬了下去就上不來
伸長觸鬚　拉出一串碎細輕巧的
囈語　依稀聽過　或者只是記錯了

一蓬飛雪在山外復興路上堆了楝花園洋樓
隱隱約約的綠色梵音
似曾爆響那年夏天

九十五年十月十五日
九十九年二月二日刊於《金門日報》副刊

灰面鵟鷹之歌

秋分暗晚　南路鷹捎來呂宋音信
雄厚的族歌迴蕩滿州
歇下的尾聲　不覺間緊了音調
落成哀戚韻腳

清明時節紛紛雨　山的後方
莫不是故鄉
是何處響起了安魂曲
鄉音亦隨那紛飛羽
灑落一地珍珠白淚滴

九十五年十月十七日

妳的臉龐——給母親

泛白的長廊　雪白的制服
蒼白的面容　淡白的髮線
奔馳　我空白的思緒

走向妳　喚妳的名　以最溫柔的脣齒
呢喃出妳痛楚而蒼老的回憶
輕撫妳的臉龐，讓我的手指靜止
如歸返的旅人
讚詠的舞者，踏上古老的蒼荒之地
如涉入歲月流域的
悄靜步伐　扎刺上滿身記憶

擁抱妳　聆聽妳規律的鼻息
妳熟睡臉龐恰似嬰孩
一如我年幼無助的曩昔
輕吻妳　拭去妳眼角的冰雪
妳不安穩的夢境可有盡頭
森寒的昨日能否逢春？

時間河畔　流動因果何曾停歇
我願以守候將妳的餘生環繞
縱然風化成一堵臨冬的城垛

九十二年十二月七日

相思樹

那相思為誰而開
一抹鵝黃
點綴早春的綠

異鄉城市街道
路燈陪我點亮綿延的
影子　睚槃整夜
聽說故鄉第一陣花雨
將在今晨悄悄落定

九十四年三月九日

金廈之間

(一)水道

推開門
舊日的沉默就劃開水面
吶喊成一道
穿越歷史迷霧的航線
重逢無恙的返鄉午后
我們泊入姑婆的記憶港灣
晚間還打包點婚宴喜氣
讓老祖母的思念打打牙祭

只是熟悉的一段路程
和言語無須的簡單心情
如同祖父撐動舢板
為孫子帶回的糕點
那般甜而不膩
如同雙落大厝上
福州工匠們細心雕琢的
華美青春

曾經　我們這樣走過的
金廈水道

(二)回望

猛然關閉
對望幾世紀的兩門

闔上的凜冬
從此風化成歷史的牆垛

祖母叨絮的歲月
淺淺地擱在陽光之外
斑駁的鄉音緩緩剝落成絮
兵士們以四十七度仰角為圖騰
射發關於砲彈、鐵蒺藜及黑白的邊界
思念隨後駐紮成軍
秘密蔓延成防空林地
而其中那些年的鄉愁
不過是旅人眼中偶然凍結的
凝視

攀上沿著軌條砦奔馳的末班車
今晚我們穿越了闇夜浪濤
駛進叔公們醉夢裡的終站
哀嚎烙入腳步聲的
這站　雖已託運太多
諸如姨婆被退件的天人永隔
或是空漂、傳單各自表述的
美麗諷刺
我們仍可溫柔地騰出
一個全然屬於自己的座位

九十三年二月十九日

九十八年十月收錄於《仙洲酒引——金門縣作家選集新詩卷》

晚安絮語

晚安之前跟你道別
黑夜林梢掛滿紅花燈籠
沙沙林葉落成如歌的行板
彷彿我前夜的脣齒
正呢喃來日入夢前的情話
踩踏蒼白的泥壤向邊境外漫遊
級進星光返家的足音

晚安之前聽你話別
清脆了記憶中黑白琴鍵
永恆跳動的小步舞曲

依舊是青石的向晚
望見你撫弄裙襬歸來
三月的風　四月的柳
我欲撐起青春的船歌
向湖的波心盪去

晚安之前牽手訴別
蔓延掌心下一刻溫暖
在彼此紋理交織
走往這片鵝黃花季的盡頭
聽見脈搏如小行板般
撲通撲通撲通齊奏拍點
搖曳沉甸甸的盛夏果實
高懸陽光將要飛翔的枝枒

晚安之前親口告別
等待公車站牌前的路燈
點亮旅人往返佇足
側耳傾聽城市寂寞喧囂了鼓點
震醒人行道磚頭沉睡的石心
仰盼雨聲停歇期間
接到專屬你來電答鈴的響念

九十九年五月一日

旅程

月光　故鄉那般蜿蜒
躡著腳尖　輕輕緩緩跨出
深怕不小心打翻記憶
路上黑夜就滑溜一片

穿越南門巷子
轉身鑽進中和巷弄
一盞盞條理點亮燈的道路
夜黑　月始敦厚為圓
浯島南風依稀跨過新店溪口

夏天棲息在相思林深處
蟬聲總是歌著
樹皮上依稀刻過什麼
卻記不起那些逸失刀痕
八月黏糊糊沾在身上
必須奮力振翅才能飛起

木棉總要燃起離別
從新市里延燒至羅斯福路
我曾駐足望向那未知晴空
在金門街街口

九十五年九月七日

九十九年五月廿一日刊於《金門日報》副刊

卷二

飛翔之歌（二十二首）

蒲公英

總要想起　在夜的
靜深幽黑溝渠
你展起纖纖羽翅
對我訴說夢想的神情
飛翔是黎明前悠揚的鶯歌
光般瑩透的白皙
如火柴擦亮墨黑行囊

等待　在山林間幽深蒼綠
摘下一朵黃花淡香
盼望新雨吐露初春秘密

夢見自己前世曾漂泊為雲
墜入藍天每日幽幽低語
人間時光如此纖脆
又怎堪輕輕觸碰
相遇之後將要的別離

九十八年二月廿日刊於《人間福報》副刊

窗外

向前　步行在喧譁雜亂的城
追尋屬於我的線條
穿過黑白夢徑
斑馬線跳躍為
交間樂音的琴鍵
想像　在下一扇窗外與你相望

推開窗　天空便有無限想望
我的回憶是一條單行線
穿梭城市的繁華喧囂
是誰捎來鬱金花香

在這方窗格外輕輕徘徊
聽尋　黎明前將要的鶯歌

九十八年四月廿五日
九十九年三月十八日刊於《人間福報》副刊

鯊魚

瞇起眼　世界不過是一條邊際線
我們各自開窗
悠游　淚河沖積的
藍色睡海
潛見一條隧道
幽深如你　向黑夜邊外探去
你的體溫借用旭日醒前的呢喃　暖和
我的青澀夢境

未知的牆　透明而堅硬的
溫柔　隔開來自北地的滄桑
若勇敢衝刺　撞破
將是何方沙漠
也許我將乾枯
蜷曲於險惡爪牙的
撫弄　換想種種的如果　或
也許　我也可以躍出
不停留於身後這片悠悠之水
張開羽翼　朝海的天空之外飛翔

九十七年十月廿七日刊登於《人間福報》副刊

點燈

今夜你將點起燈火
在黑夜浪濤中
指引繁星歸家的想望

如果星月無光　飛魚怎能躍起
你舉起一盞期盼　讓它燦爛成
初春第一把晨曦

如果年少的心忘了翱翔
晨曦怎能輕盈如歌
你展開飛翼嚮往明日

帶領如潮飛魚
航向夢的標的

就讓晨曦在歲月的交握中
流蓄成涓涓溪河吧
你飛揚的年少將融入穹蒼
綻放夢想光芒
而我眼裡的陽光
從此不再落下冰寒的黑夜

九十二年三月廿一日初稿
九十三年二月廿五日定稿
九十九年二月十五刊於《葡萄園》詩刊第一八五期

相遇

日日夜夜　彷彿被城市餵養
我們是飽食孤傷的北極鯨
浮游天地間光暗混沌
天空被仰望為
黑白交凝的堅冰
如果撞不破疆牢
世界仍可柔軟如你
讓我噴飛最暖濕的霓夢
扶搖高躍為展翅大鵬
深情鳴唱　呼喚
你在高亢低沉間沉潛

想像屬於我們的優雅
在下一個海面相遇浮出

九十七年九月十九日
九十九年三月十九日刊於《金門日報》副刊

魚躍

掙開虛榮的重量
卸下曾經閃亮的記憶
我扭身鼓動雙鰭
奮力拍向身下蔚藍的依賴
要以翻騰的姿態
教鷹的飛翔永難忘記

小小的一躍
躍過人間燈火燦爛
霧裡的煙花迷濛
不就是我前生貪戀的紅塵虛名

杯籌交幌間
我本是豪情萬丈的風流將軍
執起金戈鐵馬
畫定江山萬里
只為痛飲一斛斟滿的鏗鏘樂音

匆匆的一躍
躍過今生不捨柔情
千年的榮枯原來是淚珠裡的一瞬
十世的輪轉因果
是悟了　還是再次誤了
一場癡心的情牽

是成龍還是敗骨
都將在這小小而匆匆的一躍之後

如芥子般飄飄落定
而我割捨不了的前塵舊夢
將在詩人的眼簾
凝成今夜幽幽的星雨

九十一年十月廿七日

九十二年二月七日刊於《金門日報》副刊

煙囪

光的念頭　飛離
夢的盡頭
撿起古老皮囊
將黑色火焰燻活
拾級螺旋向上
帶領漫長哀愁
意圖占領天空某個角落
希望悵然而走　詩落
咀嚼滿嘴暗紅

把滄桑掛上月兒彎彎的鉤
刺穿雲的頂峰　望向人間霓虹
光串化成一條河流　越橋而走
放開你的歌喉吧
把過去河岸遠遠拋在後頭

跳針沿黑膠搖曳地走
可以俯視　也可以仰望
原來荒涼的嗓音燃燒過後
可以是種溫柔

九十七年八月廿二日
九十九年四月三日刊於《金門日報》副刊

向前，輪椅天使

前行　原野隨你的手輕顫
纖細了誰的凝眸
聽見更青綠的夏天
褐黃的田埂　沿樂音向遠方流動

鎖在這方小小窗框
我們有雙不停向外的
張望　如何張起翅膀
飛越原野雲裡的天光

依舊是熙攘人群
穿渡黑白相間的
人生斑馬線　倉促的
步伐　滾動的輪軸
當列車靜止
可曾回望生命的跡軌
依然清晰向前

九十七年八月廿一日

窗與框

他來　提一盞搖曳之光
敲敲窗　搖搖框
朝窗外不停地張望

框裡有誰　窗外是誰
誰又從框裡呼喊窗外究竟停留過誰

推開窗　敲開框
窗擠開框搖曳著光
碎落成無數片飛翔的天空

九十五年四月十一日

GOLDENER
ADLER
RESTAURANT

這一日我遇見春夏秋冬

細雨間，乍見妳，我始重返人間……

晨曦奔馳的精靈——春

細雨間，乍見妳
我必須敲痛靈魂才能
發問，問
是怎樣的奔馳讓曉霧的薄紗
輕掀而起，問
是怎樣的容顏讓鮮嫩的綠意

綿延地追逐在妳的身後，所博的
只是妳的燦爛笑顏

我不能分辨
朦朧的，是我的心，還是妳的影
我無法看清
閃耀的，是妳頰畔初冒的晶瑩
還是新露點燃的旭光
我只是靜靜看著
妳眸中的黎晨爛漫人間

正午翩翩的彩蝶——夏

妳說沒有黑夜就沒有蛻變
沒有冰冽就沒有炙熱

妳說沒有等待就沒有希望
沒有束縛就沒有自由

我說如果我們沒有相遇
是不是妳還要再蜷曲
一世紀的寒冬
我說如果不是我運起灼陽光鋒
是不是妳會用昨日寒冽
把一生裹覆

就在刀光中
讓昨日的束縛飛舞如
凋謝的春花吧
我會用熾熱的眼光描繪
妳的驀然騰起

妳的彩翼翩翩
縱然妳將遺忘　那耳際飄飛的
雀躍　曾為天幕泛起一波
水藍思念

午后獨行的過客——秋

你倚著荒野的楓
我細數你身後的足跡
聽說　它來自滄桑

這世間有許多的也許
喚作終究
也許風可以用她的柔指
撫平你眉間的哀愁

楓可以用她的繾綣
支撐你的疲憊
也許夢終究還是夢，而過客
沒有一處永恆的居所

你終將遠行
如楓只能守候著
這一隅依戀
如風只能將落葉離枝的輕嘆
編織成一串思念
這踝鈴，可以為她追尋
你
的
跫
音
。

你踽踽獨行
隨手揮灑衣擺內的彩筆
在你身後飄舞的落紅
化做一片火焰般的柔美

深夜追尋的蒼顏——冬

你漫起冰雪
我一直以為
那是來自你眼角的遺憾
卻沒發覺凝霜的
是我眼眶裡的動容

是怎樣的眷戀，可否將它盈握
讓你在世紀裡穿梭

依舊苦苦追尋
一種她不經意吹拂過
卻不屬於你的溫柔

是怎樣的哀傷，可否輕輕觸摸
讓你不曾呻吟
所有的滄桑竟只是落英繽紛

你席地而坐
隨手點亮今夜的星空
屬於昨日的夢
今次你決定把它交給遠方

八十九年三月獲國立台北師院釆風文學獎新詩組佳作

許玉音　繪

冬夜聽春

卸下那沉重的愛吧
困惑而年輕的頭顱
你可以在此停歇　今宵是醉是累
都無礙千年的榮枯樂苦
不如枕起虛無吧
聽曲喧囂淚擁寂靜時
低聲吟詠的鎮魂之歌

狂風呼嘯撞開天地之門
在戰鼓般敲擊的雨聲中　你若夢非醒
夢裡的夢中有眾多躲藏黑影的腳步聲

企圖將你的翱翔包圍
你只好逃回纏繞詩歌的花園生一爐火
昨日凍僵的眼淚　你放任她流成一夜淅瀝

倚靠童年的菩提樹
你癡癡的笑中跳出生命想望
排演成精湛演出

夢川發源你的意識
卻僅能望著它逐漸遠去
在高昂的吶喊中

黑夜徘徊依戀　身畔百花之耳
以祝禱綻放繽紛期盼
百靈輕巧張開溫柔之翅
你蒼白的手臂從此拾回記憶

再次拎起頭顱掙脫夢想束縛
隨那古老的聆聽指引
你蹣跚的身影穿破夢境那扇唯一之窗
奔　躍　向前
在你身後停駐的綠意和晨曦
都邁出步伐隨這陣煦風唱起情歌

九十二年二月十三日刊於《金門日報》副刊

蝶夢

成夢非醒時
我是我非是蝶
半睜欲閉的還眸中
我入擺盪的天秤尋回來世
前塵舊夢散如飄雪
我徘徊穿梭的身影
徹夜呢喃

獨醒非夢時
我是蝶非是我
我是醒來眼前的虛空

黯然跌入江水悠悠
夢川縱然恆古奔流
我如何獨自痛飲
今宵一瓢寂寞

如何說蝶之夢
或說我夢之蝶
舊日的執著閃耀成真
我獨忘了酩酊大醉
我本解那魚樂
鎮日謳歌滿載歲月的皮囊
奈何夢醒尋著醒夢
蝶與我皆是孰非

身後思念漫長
一如永恆的黑夜
今世愛戀依稀纏繞指間
我不再訴黎明前的夙夜寒苦
只躍入灑滿晨曦的
蛹之今朝

九十二年四月五日初稿
九十二年七月八日定稿
九十二年十二月收錄於《金門新詩選集》

在你眸中的世界

偶然在你眸中
鑲嵌天使的夜笙
從此你凝望的世界
映成一片流光倒影

行你每日必經的路線
教室旁有座栽滿糖果與憂鬱的
城堡　許多眼睛自牆垜蔓延而出
張望關於旅人推窗而入的思緒
或你隨魚群呼喚出走的
囁嚅呢喃

漫遊在疊滿骨牌的城市花園中
你踩踏發光魚的思念
如風般奔馳　灌溉
花園裡隨處可尋的
雀躍星光
你的笑顏飄落為波光裡的一葉
從我吟唱的河畔，從你掙脫的
舷索……

晨光淺淺地
游近　又從你轉身墜落的
寂靜邊界流出
我一路追隨著你眼睛的航線
划向鷗鳥棲息的疆域
直至你泊入夢灣

我們始堆積出稀疏而平常的話語
開心地燒烤這一季的
午後陽光

九十二年十二月二日

不久妳將沉沉睡去——致生命鬥士劉俠

不久妳將沉沉睡去　留下了愛
卻忘了夢　還有年少寄出的誓言

再也沒有甜美的眼
能那樣反映月的圓缺
繁星也不再閃耀夜的光彩
我在窗前徘徊至清晨
猶不忍離去　黑暗中
如果妳依然戀眷光明
妳可以回首　可以回首
我守著天地最後一盞熒黃

失去百靈鳥歌聲後
我們在林間留下的足跡
是否隨時間悄悄淡去
失去發問勇氣後
沙沙的葉落聲中
我聽見來自生之歌的旋律

九十二年二月十五日
九十二年三月十一日刊於《金門日報》副刊

給你的三個如果

如果群星折翼
失足落入夢土邊境無垠的
黑夜浪濤
我的思念將成雨
並且氾濫成一片汪洋

如果昨日的閃耀晨曦
在你生命裡凝成
今朝不堪擁抱的冰雪
我可以張開一雙溫熱的勇氣
迎向無可訴盡的徹夜寒苦

如果你的疲憊已輾轉成
漫長的絲路
只需回首凝望
我為你栽植已久的春天
便繁茂成供你停歇的綠洲

九十二年三月三十日
九十二年十二月收錄於《金門新詩選集》

小丑的夢境

一群流感病毒將我圍繞
跳起繽紛的催眠舞步
如暮春原野的　繁花
然而盛開了誰的心呢

我是沉沉入睡的小丑
在今夜初次登場
呈現最溫柔的睡姿
與嘴角那一彎最甜美的夢境
然而枯萎過誰的心呢

我已忘了昨日的妝扮
今夜就讓我當一個無聲的小丑
忘了胡言亂語
也就忘了悲傷與歡喜
在喧囂　繁華且寂寥的塵世

我是一個小丑
無聲　溫柔地擁抱　屬於我的
一個夢境
如果今夜我可以沉沉睡去

九十三年十一月廿九日

傷逝

你試著祝福　以一種堅強的方式
墜落　在飄浮記憶的天空

試著向前　你走向最初相遇的場景
同樣的海　浮沉著迥異的船隻
你的左腳才剛離開春天
右腳已步入嚴冬

你決定揮別記憶
走向遠方
還有那　更遠更廣更蔚藍的遠方

過去的美好已遭利刃粉碎
你不過是個癡情的小丑
何苦徹夜拼湊
以殘破的夢
修補一張未竟藍圖

你憶起自己是個小丑
在熱鬧的園遊會中
喃喃咒恨著微風
關於她吹拂過你的溫柔
以及她即將舞弄的
下一個醉客

向前　你只能眺望著
把逝去的通通收入

而後　你會悄悄走入她的過去
演一齣歡樂的獨角戲
直到你妝扮的未來
終於也隱入夜空

九十三年九月七日初稿
九十四年九月十日定稿

許玉音　繪

我自心底放出一葉期盼

是誰讓晨曦雀躍
是誰讓百靈嘹亮
是
我自心底放出的那一葉期盼
飄過悠悠而流的冬山河
以澎湃為槳
把夢搖起

我在夢裡執起你的歡笑　如拾起
一枚初墜的花顏
用眼刻下　於是它奔馳

漫春越夏進秋過冬
用耳吹奏　於是它嘹亮
你的我的他的胸壑

我從你的笑裡看遍人間暖暖三月
我成了風　奔過沃野
我的足跡印著新綠　踏醒
一窩窩杜鵑的睡意
我成了雨　手築氤氳
立起一座堡壘
那園丁會為我帶來一把希望

我在暖暖三月思慕每個晨昏
你是朝陽　你的揚眉
總是能擦亮人間

而地上粒粒晶瑩
是你昨夜遺落的悲傷
你是落日　當你煽起炊煙
浮雲就能飄向遠方
若是黑夜忽臨　莫怕群魔飛舞
我會奮舞一枚燭火
用熾熱來點燃一星永恆

我在每個晨昏放出一葉期盼
載上我的今日　繫上你的明天
等待你去張起千帆

九十年三月獲國立台北師院采風文學獎新詩組第二名

關於我們的愛情

我喜歡妳的寂靜
如同妳喜歡我的激昂
妳是星辰、港灣與沃土
我是遊風、遠洋與拓荒者

我愛妳的擁抱
妳的擁抱是黑夜流瀉的月光
被母親綿細縫織後的溫柔
是暮春時節等待旭光照耀的曉霧
那盈盈顧盼中匀匀的喜悅

妳愛我的奔馳
我的奔馳是無韁的飛蹄
在天空與大地恣意翱翔
當天幕初開晨光復現
當星光隨著田野的呼吸一同閃耀
我撒播來自洪荒的希望種籽

關於我們的愛情
妳已習慣用目光向我傾訴
彷彿一個不會終了的故事
彷彿一段旅程正要開始

至於旅途的終點
本與我們的愛情無關
我們所憂喜的

僅是如何盈握這次交會的目光
並在我柔軟的脣泥
植上寫滿詩與歌的長春藤

九十二年六月十五日
九十二年十二月收錄於《金門新詩選集》

星落

昨夜　那濃得發亮的黑色絲綢
仍是我多情的臥榻
妳翩翩的身影是一縷香風
輕輕擁我入夢　妳嫣然一笑
溢出對我滿滿的縱容
任我在妳的山巒恣意翻滾
再輕輕執起我的慾望撫弄妳
滿身的柔膩

如果妳是罪惡的江流
我只願把自己沉溺

一刻也不要清醒
妳的嬌俏是深冬裡的暖火
我這迷失的蛾
火芒是我唯一的歸宿

踏過我的哀求
黎晨把旭光砍刺成
閃耀的救贖
堅定地敲碎我的幻夢
妳雪白的脂玉從此失了溫度
兀自藏進黑夜深淵
我慌張的眼睛只能四處爬行
伏在妳傷心的腳印邊偷偷啜泣

四處摸索　除卻妳我沒有前方
我凌亂的步伐從雲端摔落
痛苦　它撕碎我的哀嚎
猶在高聲揶揄
笑我喚妳整個世紀
只喚回一地的血跡斑斑

我舉起顫抖的勇氣
奮力向上拋擲
卻不能確定　不能確定
地底爬向雲端
是否真有歸路

九十一年十月廿七日
九十二年十二月收錄於《金門新詩選集》

轉身之後

轉身之後　妳還愛我嗎
瑪瑙般的琉璃陽光
流瀉過妳飄飛的髮絲
不再交會的迷離眼神
殘酷忠實地記錄轉身的片刻
彼此遞還鑰匙圈上熟悉的
那一把溫熱的通行證後
我的口袋失去慣有的重力
悄悄萎縮為無底黑洞

轉身之後　我還愛妳嗎
妳舊日的身影閃耀如昔
放任滿街的她
穿梭於眼裡閃爍霓虹的忠孝東路
愛恨聚散的戲碼在此從來不曾落幕
我不過是個找不著舞台的戲子
在進駐咖啡館的第九十個夜晚
與一杯冷澀的卡布奇諾
學會擁抱彼此逐漸冷卻的寂寞

昨日的未了之夢
在今日燃成灰燼
思念的風箏也掙脫年少的執著
投向未知的星空
轉身之後　妳我還擁有什麼
是不知所措　還是學會接受

那一夜繁星成群
如飛魚般落入黑夜的波濤
我們步入雪白的林間
在走向天明的旅程中
我們曾經互執彼此微顫的雙手

九十二年四月廿八日

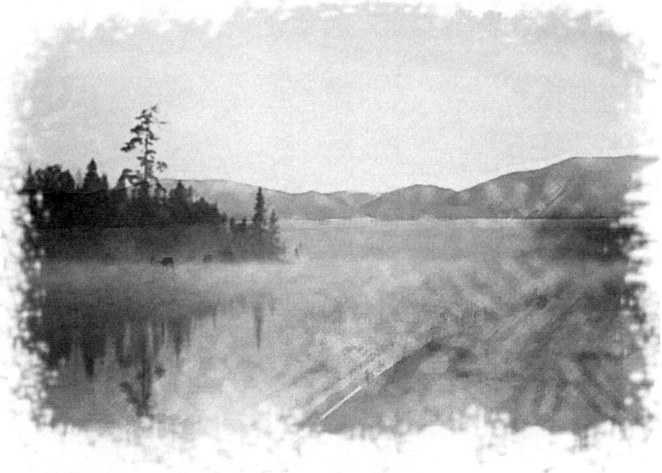

愛上公主頭

堅持眺望遠方的理由很結構
像兩行爬走防風林的墨蟻
擠滿灰白鬆軟的泥徑
爭論髮尾應否分岔的課題
（其實海和天也曾討論過靈魂湛藍的理由）

是誰把坐滿床沿的午後陽光編織
擱淺我青春欲遠航的船歌
堆疊整個夏天的重量
昨日你偷渡夢徑
窸窣月夜裡待宵花的氣息

緩慢風化我逐日瀕臨溺斃的
海岸線
（雷區香味排除前，旅人請勿擅入）

不斷厚重
攤開期末研究記事簿
思念再度溢滿鹹水
讓我慣性會計而憂傷的魚眼逐日潛入
聆聽划動宇宙的手指停歇
理當出現於物理課堂的神祕靜默
（鐘響正響，該把我迷亂的靈魂收進背包了）

細白砂灘堅固思想岩盤
陪流體力學每月來指導海浪
學術式情話呢喃

以及發語練習該有的曲線交融
探詢濃霧後纖悄行來的乖巧嫻足
跳動小碎步前行
（一旦輕盈過的靈魂，可否因習慣奔跑而微笑莊重）

九十八年十一月十二日
九十九年三月十五日定稿

卷二

告別青春紀事（十八首）

上課

上課是什麼
貓告訴蟬夏天快來了

上課是什麼
迷路的池塘找不著海洋的眼睛

上課是什麼
木麻黃沉思一夜　搖頭說
我們提起喜馬拉雅山去月球旅行吧

上課是什麼
故鄉的三月下滿綠色的睡雨
（八月的高粱正計畫搖曳整季金黃色私語）

九十九年三月廿五日

未眠之夜

依舊是窄小的路徑
撥開草叢　思念可以望入
蒼白無聲的泥壤
淺淺擱上將欲安息的呢喃
碎散一地　等待誰家跫音踩落
曾夢見黑夜花朵　飛來
光的瓢蟲　爬滿昨日纏繞的
記憶蔓藤　聽旋律彎彎滑行
在遠方歌著　舒展
老貓徐徐向前的懶腰

灑落初春第一場
新雨　隨風遊戲

九十九年一月六日

過橋

龜裂　蔓延的觸手
何時將鬆手　拋開我於遠方城市
傾聽蟻群遷徙　向北方
匯聚鳥魚子擠走的黑潮
眺望堅定與迷惘間羅曼不蒂克
了解疆界只是目光丈量的偏見

出遊於靈魂光影之間
夢見昨夜溜走的詩句
在河的彼端隱約　曾有伊人流連
顧盼了水草迷亂逗留鳥影

歸返的獸紛紛跌入坑坑疤疤的天空
滾滾黃塵從不健康我的狹小肺葉
喚醒好奇許久的遺忘眼皮
隨眾人不定期運動拉長脖子
腥羶張望那定期偶發的交通事故

九十七年十二月廿六日

乾枯情話

漸漸淡涸　迷露光煙吐出
旋轉且瀰漫
琴鍵卡進黑白間的對話
映襯弦聲幾度掙扎
長鐘忘卻流動　盯著時間發呆
滴答　滴答
冷眼看影子把自己擺上桌椅
貪婪對空呼吸
依稀澆濕的渴望

誰不曾說過幾夜瞎話
隨春霧褪去冰濕的潔袍
睡去了早開天晴
走入木棉道仍未花開的季節
守著琴弦唱出
屬於你的　和屬於你
每天總要說出的話

九十八年三月廿三日

命運之傷

不過是張揚爪牙的螻蟻
匍匐前行　天真的二度思維
探索歷史氣味
竟以為能逃離命運之眼的
三度俯視　悠遊於既定傾淋的沸水

是宿命的汪洋依舊
教迷航的鯨豚忘卻了
上一段佚失文明
隨罪與罰洪水擱淺岩岸悲傷

哀鳴於幻夢編織的牢籠
向雙瞳內的星辰之外迷濛

九十七年十一月十八日

風暴

街道擁塞為悼念之城
行人紛紛掩面
哭泣碎散滿地陽光
像被啃食的頭顱　斑斑滾動
血暗淚痕　試圖喚醒眾人已催迷的眼
如此孤傷進行式的卡珊卓式獨白
總要被掩蓋　在沙沙私語的
預言中金醉一番
自己所信奉的先知
曾披上聖潔白袍
指認他人口沫的腥腐

終究被風吹散
發現一張張塔羅牌早張開
蠕動小嘴
在女神閉眼的天平上
將命運秤斤論賣

九十七年十月廿二日

錯過

來電未接通時間
只好發封嘆息
給守夜的手機取暖
點亮　背對背
兩斷　時鐘愛情
調扭發條心跳
撲通作響　疊合
彼此秒針前後追趕的孤傷
如果門當戶對
默契也願意發想
發光二極體與鎢絲燈泡

相親典禮便色慾高照
結果思念開始
準備為地址　過去
投遞這封未來情書

九十七年九月十五日

寂寞

回憶如此潮濕
沾染秋的落紅　腐灰成冬
掉落夜幕毛茸茸下襬
靜悄爬出　欲傾聽陽台
高懸衣架滴答墜落

是誰喧囂了鼓點　暴雨
敲打青春消逝前最後綺夢
拉扯如此沉重
吹弄風繩
搖動剛沉沉入睡的

嘆息　煽動甦醒
去撞破牆壁　在厚重淺薄間
熱脹冷縮　該如何穿過　或者
回首　如果想要的天空
已然是天空

九十七年九月十五日

今晨

晨光懶洋洋灑了一地
喜鵲叩叩敲響窗緣
有一種只屬於妳的味道
自記憶中躍出　縈繞我的
喃喃自語

那些閃亮的日子隨著白沙
穿過指縫　流瀉出掌心的依戀
如妳悄然轉身的步伐
那般輕盈不著痕跡
是的　我必須承認妳的離去

床沿不再烙印妳委婉的溫柔
我的世界飄落徹夜的冰雪

徘徊在羈絆的兩端
昨日我們遺留的愛纏繞如繩
原來依戀的重量是一串相扣的鎖鏈
當天秤搖晃擺動
記憶就要撕裂彼此的心房

那夜蝶的羽翼沾上思念
竟凍結成深秋的嘆息
我將歌聲迴盪如繁星
祈禱妳昂首展翅翩翩

九十二年六月十五日

死亡蝶舞

幽青黑蝶
莫要撲向我啊
請諒解我曾窺伺你
扇動靈性之眼
偷瞄思緒燃爐前的窒息
歸依是你唯一的火芒
且讓我陪你靜舞
踩踏人生階梯而下
在推開厚重鐵門之前

跳完這曲絢麗的
華爾滋

九十七年八月廿五日

眷戀

有比淚水更鹹的
思念　在冬日清晨
鬧鐘秒針閃動　光
背後的幽深　飛往
何處黑洞

啤酒杯被飲盡了
一屋子的空　外頭還淋著
初春天雨　未乾　隨冰冷邊界
涔涔滴落　向未知世界

為自己點杯黑咖啡
習慣聆聽咖啡館的午後
任苦澀原味　蜷曲於記憶味蕾
直到脣已麻痺　才幽幽望向
遺忘於盤角
那未曾撕開的潔白糖包

九十七年八月廿一日

前生的記憶

遙遠前生
不就是昨夜已然醉過的夢
在猶存的繾綣中
好似我曾舞起一把多情劍
腳踏無情嘯傲江湖
任波濤洶湧也要隨我浮沉自若

我曾在華山巔痛飲百日
群雄之爭不過是一場笑談
我曾在大漠追逐三晝
起落風砂腳踏無痕

把瘟疫般的流寇
都化作我劍下縷縷餘恨

我亦曾在江南付盡溫柔
這皎月　本就要摘下
伊人的歡顏
任憑它大梯萬丈
這星光　當它沉沉入睡
我必須悄然起身　落腳一方
終究不是劍客掌中
詠嘆的旋律

在前生的記憶中
我是一羽飄飛的蝶
在煙花中穿梭一世

只因負了一朵望穿的等待
今世便要回來贖那情愛之罪
用一生守候
一滴晶瑩的珠淚

九十一年八月十一日
九十一年十一月十二日刊於《金門日報》副刊
九十二年十二月收錄於《金門新詩選集》

返家

世界的子宮很大
我們卻堅持把彼此瘦身為
拒絕擁抱的連體嬰
保持距離　以策失眠

於是一滴好小好小的
精子　陪海洋哭滿滑膩溫暖的
羊水床鋪　嗚咽過後
睡前還嘀咕著：
妹妹早已不背洋娃娃

九十九年一月六日

窗簾

輕柔撩撥
窺視薄紗後的新大陸
原是目光可直達的光影
是妳賦與我的
遐想

渴知的慾　望
山巒稜線隨風搖盪
妳的身影如飄忽的春霧
可曾聽見急促的

呼吸　正撫摩
世界框條

萋萋草影搖曳　初綻的花蕊
每日聽聞雨聲　奏成
墜落章節
掀與不掀　讓秘密在指間遊走
直到黑夜又將街道吞噬
妳我之間距離於是無從估量

九十七年八月十六日

孤獨

為何卓然而立
欲躍出淤泥
那荷花

一葉晨露　微顫
映成夏日河畔的
另一種凝視

九十三年十月十七日

夜雨

夏日悄悄打烊
帶著隱入夜色的世界
逃離本世紀來襲的
第一場風暴

咖啡館中人潮退散
人行道上擠滿沉默
轉過街角的我
捧著一杯逐漸失溫的拿鐵
又該如何啜飲傷痛

如何忘卻妳的容顏
和那眾人惋惜不再的溫柔

那夜雨中的火苗
跳動　我的凝眸
無聲地繪出妳堅毅的神情
夜的浪濤漫為煙雨
眾人瑟縮圍繞於
妳守候的最後燈火

失落月光的那夜
窗外驟然下起一陣黑雨
倉惶的腳步聲由遠而近
妳撐起一葉小小的希望
領著星光
迎向前方奔來的顫抖容顏

九十二年五月十二日

夜間遠行——給Hsu

聽說　焦黑花朵睡前偶然聽說
一串耳語攀爬蔓藤窗口
夢見林葉悄然出走
窸窣聲淺淺薄薄
堆疊整個秋天的重量後
遺忘了通往小徑的入口

相思林外開過鵝黃花朵
是枯萎而蒼白的泥壤
滋養半開欲闔的靛黑花蕊

黑夜帶起面具　隱身於嘉年華舞會身後
鼓噪火焰跳動小碎步前行　尋找
所謂通道的盡頭　不帶價值判斷地

光滿載文字的私語襲來　吵雜而擁擠
於是我們必要行知識的光合作用
聆聽台北翱翔你我天空
讓閃亮整片城市的渺小灰塵
都飛翔為星辰顫抖　點妝
我們眼中夢遊過的上個世紀
在漫步往黎明的跫音裡
尋找夜色不再迷濛的理由

九十九年一月六日

告別青春紀事

醒來　睜眼之後是聆聽
緊貼石室槍管清晨
一握沙溜過指間墜落的嘆息
而後就是風囈語般的旅程了嗎
鎖緊時間鐵門身後
昨夜幽幽閃閃青綠磷火
游浮於太武山下
鯨群高昂噴飛的夢
燒灼　海面雪白泡沫
柔美剔亮的
旅程　鯨鳴高速潛行在

海底隧道闇黑深處
隨地鐵壯遊般擴展下一站觸手
旅客被黏黑的夜串成魚子
栓在城市礁石間靜待孵化
或者消化

潮退後　如阿爾戈號浮出
喧鬧揚帆起神話進行式
提起埃歐樂斯的牛皮紙袋
天空依舊是凡人無可插手的
諸神戰場
只得暫歇慈湖海灣
沿卡拉佩女神吟唱的旋律划進
接續尋找黃金羊毛的未竟航路

初夏光燦燦燃燒無以名狀的睡意
停泊於聶魯達休憩的港灣
循葉慈夢徑穿窗而入
凝視水珠由乳白瓷磚裂縫邊緣
跳躍彈出的軌跡
是一種如宿醉般墜落的飛翔
放牧木麻黃林畔收不回的風箏
以及落日前緊急構思的
種種意象　後來通通被凌亂的落彈打斷
模糊成一碗地瓜稀飯拌著淚光吃下
記起某張孩子的面容
竟癡癡哭笑整個午后　聽見
湖心蓮花悄悄綻放與凋落
奈良大佛前遙望故鄉
是何家老嫗素淨歲月的戰壕

陪風獅爺等待風化了湖下村口
不停叩問眼前門扉
自己何嘗貪戀過什麼
原來遺忘更加漫長於想望啊
就一路不停回望吧
追尋花崗岩島的歌聲而去
走過春夏間黃絨絨的相思雨季

習於以某種倒立姿態沿常春藤攀爬
向亮晃晃的曩昔過往
順著遺忘軌跡捲起幾團柔軟回憶
蓬鬆有點帶刺地
記得木棉爆響過幾次季節爭執
沿羅斯福路及黃海路示威前行
是人潮跨過初夏步伐

無聲燃出花紅
直到聽見整個世界都忘記呼吸
留下棉絮在掌心殘餘的溫度
才在蛛織而成的鏡網裡
望見自己在牆角窩曲一雙明亮的眼
朝光的尖處舔去

九十六年三月十六日初稿
九十七年八月廿三日定稿
九十八年十月收錄於《仙洲酒引——金門縣作家選集新詩卷》

國家圖書館出版品預行編目

岩島飛翔記事 / 楊忠彬著. -- 一版. -- [臺北縣新店市]：楊忠彬, 2010. 07
面； 公分. --（語言文學類；ZG0078）
BOD版
ISBN 978-957-41-7346-4（平裝）

851.486 99013225

語言文學類 ZG0078

岩島飛翔記事

贊 助 單 位 / 金門縣文化局
出 版 者 / 楊忠彬
作 者 / 楊忠彬
執 行 編 輯 / 黃姣潔
圖 文 排 版 / 賴英珍
封 面 設 計 / 陳佩蓉
數 位 轉 譯 / 徐真玉、沈裕閔
圖 書 銷 售 / 林怡君
法 律 顧 問 / 毛國樑 律師
印 製 銷 售 / 秀威資訊科技股份有限公司
台北市內湖區瑞光路583巷25號1樓
電話：02-2657-9211 傳真：02-2657-9106
E-mail：service@showwe.com.tw
經 銷 商 / 紅螞蟻圖書有限公司
台北市內湖區舊宗路二段121巷28、32號4樓
電話：02-2795-3656 傳真：02-2795-4100
http://www.e-redant.com

2010年 7月 BOD一版
定價： 220元

讀　者　回　函　卡

感謝您購買本書，為提升服務品質，煩請填寫以下問卷，收到您的寶貴意見後，我們會仔細收藏記錄並回贈紀念品，謝謝！

1.您購買的書名：＿＿＿＿＿＿＿＿＿＿＿＿＿＿

2.您從何得知本書的消息？

□網路書店　□部落格　□資料庫搜尋　□書訊　□電子報　□書店

□平面媒體　□ 朋友推薦　□網站推薦　□其他＿＿＿＿＿

3.您對本書的評價：(請填代號　1.非常滿意 2.滿意 3.尚可 4.再改進)

封面設計＿＿　版面編排＿＿　內容＿＿　文/譯筆＿＿　價格＿＿

4.讀完書後您覺得：

□很有收獲　□有收獲　□收獲不多　□沒收獲

5.您會推薦本書給朋友嗎？

□會　□不會，為什麼？＿＿＿＿＿＿＿＿＿＿＿＿＿＿＿＿＿

6.其他寶貴的意見：＿＿＿＿＿＿＿＿＿＿＿＿＿＿＿＿＿＿＿

＿＿＿＿＿＿＿＿＿＿＿＿＿＿＿＿＿＿＿＿＿＿＿＿＿＿＿

＿＿＿＿＿＿＿＿＿＿＿＿＿＿＿＿＿＿＿＿＿＿＿＿＿＿＿

＿＿＿＿＿＿＿＿＿＿＿＿＿＿＿＿＿＿＿＿＿＿＿＿＿＿＿

讀者基本資料

姓名：＿＿＿＿＿＿＿＿＿＿　年齡：＿＿＿　性別：□女 □男

聯絡電話：＿＿＿＿＿＿＿＿　E-mail：＿＿＿＿＿＿＿＿＿＿

地址：＿＿＿＿＿＿＿＿＿＿＿＿＿＿＿＿＿＿＿＿＿＿＿＿

學歷：□高中(含)以下　□高中　□專科學校　□大學

□研究所(含)以上 □其他＿＿＿＿＿＿＿

職業：□製造業 □金融業 □資訊業 □軍警 □傳播業 □自由業

□服務業 □公務員 □教職　□學生 □其他＿＿＿＿＿

請貼
郵票

To：114

台北市內湖區瑞光路 583 巷 25 號 1 樓

秀威資訊科技股份有限公司　　　收

寄件人姓名：

寄件人地址：□□□

(請沿線對摺寄回,謝謝!)

秀威與 BOD

BOD（Books On Demand）是數位出版的大趨勢，秀威資訊率先運用 POD 數位印刷設備來生產書籍，並提供作者全程數位出版服務，致使書籍產銷零庫存，知識傳承不絕版，目前已開闢以下書系：

一、BOD 學術著作—專業論述的閱讀延伸
二、BOD 個人著作—分享生命的心路歷程
三、BOD 旅遊著作—個人深度旅遊文學創作
四、BOD 大陸學者—大陸專業學者學術出版
五、POD 獨家經銷—數位產製的代發行書籍

BOD 秀威網路書店：www.showwe.com.tw
政府出版品網路書店：www.*gov*books.com.tw

永不絕版的故事・自己寫・永不休止的音符・自己唱